AF239919

Sur mjölk

Med

Dödbakade bullar

Författare och poet

JONNY KARLSSON

© JONNY KARLSSON 2015
Förlag och tryck: BoD
ISBN: 978-91-7463-557-7

Sur mjölk med dödbakade bullar

Är min senaste poesi samling med tankar och drömmar från en alkoholist ögon, hjärna, hjärta och själ.

Alla drömmar och illusioner som inte alltid blir som man har tänkt sig, leken med kärleken som både pirrar och sticker. Svensson livet med fredagsmys, hus, ungar och kärring, det som man strävade efter som aktiv beroende. Var det som man hade tänkt sig?

Allt är inte alltid som det ser ut att vara, säger man alkoholist, ja då associerar människor det direkt med den tandlösa gubben på parkbänken, kärringen som blottar sig nedspydd på gräsmattan. Men riktigt så är det inte, dom man ser ute på bänkarna, på gräsmattorna, det är människorna som har nått botten. Människor som själva har gett upp hoppet om sig själva. Säger man beroende, ja då tänker ni säkert på en knarkare direkt, någon som sitter med gummibandet kring armen och nålen instucken i venen. Men så fel det kan vara, ett beroende kan vara kemiskt, det kan vara beroende av mat, sex, spel. Beroende är en sjukdom som man har genetiskt. På vissa blir den tydligare än på andra. En del gör något bra av sitt beroende, kanske satsar på att bli elitidrottare, framgångsrik i arbetslivet. Och några av oss andra fastnar tyvärr på det kemiska, något som man söker efter men aldrig finner, något som kallas för lycka och självkänsla.

Jag kan kalla mig nykter beroende eftersom jag har fått insikten om min sjukdom, jag vet att det jag gör får konsekvenser, att det sakta tar mitt liv, men jag väljer att kalla mig alkoholist, för det är precis det jag är. Visst jag är nykter alkoholist, men sjukdomen är som vilken annan sjukdom som helst. Vi kan jämföra det med diabetes, så länge du sköter din kropp och din hälsa så håller du dig frisk, detsamma gäller mig som alkoholist, så länge jag håller mina händer borta från glaset/flaskan så är jag frisk. Men jag har precis som den diabetes sjuka svårt att komma till insikt med att det är en livslång sjukdom, och jag har som många andra gjort snedsteg, men har lika fort rest mig igen. För jag vet att jag har viljan, och jag vet att jag absolut inte vill tillbaka till högen med aska som jag en gång lyckades ta mig ifrån.

Mina texter, är texter ur livet precis så som livet ser ut, allt är inte så jävla vackert och underbart som vissa ser det.

Jag en medelåldersman i sina fläskigaste år, författare, poet och en bitter alkoholist. Man inser att man har börjat bli gammal när man vaknar på morgonen, inte kan resa sig upp utan måste rulla ut ur sängen, när man ofrivilligt släpper väder som är som ett åskoväder när man ska bocka sig ned, eller när man undrar vem fan som står och applåderar när man går naken ned för trappan, men upptäcker att det är skinkorna som hänger och slänger mot pungen som hänger i knävecket.

Många säger att man blir vackrare och mer dyrbar med åren, precis som med vin. Men jag då, JAG som är nykter alkoholist, mitt liv blir bara mer och mer som sur mjölk och dödbakade bullar.

Jag vill tacka alla mina trogna läsare, och alla mina underbara följare på social media som stöttar mig och pushar mig att vilja skriva ännu mer. Jag vill tacka flaskan som gick i kras och jag vill tacka min familj och mina barn som står ut med mig. Jag vill tacka mig själv som går runt och tror att jag är vacker, men jag vill ge en känga till spegeln på väggen som visar något annat. Hoppas ni får njuta av mina texter, detta är min fjärde poesisamling.

KVINNAN

FLASKAN

KÄRLEKEN

DEL 1

OLIKA LIKA

Alla ser vi olika ut
Lika olika som dom andra
Andra som är olika oss
Lika vacker är hon som han
Lika underbar fast olik
Tjock och fast
Smal och sladdrig
Vem fan bryr sig egentligen
Om vad begrundarens öga ser
När man själv tänker med hjärtat
Och man talar med hjärnan
Alla känner vi olika
Men det är lika känslor
Alla känner vi egentligen samma sak
Fast på olika vis
Visst finns det säkert någon
En och en annan
Som säger att dom inte känner något alls
Men då är det en lögn
För alla bär vi på lika känslor
Fast man uttrycker det på olika vis
Det är tur att vi inte är likadana

Ge mig mer, hela dig

Varje kyss du ger mig
Får mig att vilja få fler
Kan inte få nog av dina läppar
Som mjukaste bomull med överdrag av siden
Varje gång du kysser mig
Så smälter mitt hjärta av is
Dina läppar är som het eld
Lämnar efter sig en glöd
Kan inte få nog
Vill bara ha dig ännu mer
Mer än dina mjuka läppar
Ömma ord
Beröring av lena händer
Nakna kroppar
Som ligger tätt intill
Nära varandra

Blind kärlek

Aldrig någonsin skulle jag lämna dig
Aldrig släppa dig ur min famn
Du var så skimrande vacker
Din kropp så len
För alltid skulle du ha mina händer
Ovanpå och runt din kropp
Mina läppar kring din ståtliga hals
Kärleken som aldrig skulle dö
Berusad av dig, du hade min själ som i en ask
Så liten, så skör
Alltid lika besviken när du är tömd på kärlek
Du leker med mitt liv
Ångest, sorg och skam
Falsk lycka och huvudvärk
Ändå svär jag dig evig trohet
Håller mina läppar kvar kring din hals
Släpper inte taget om dig förrän jag tömt dig
Kärleken till ett dött ting
En blind man som söker kärlek och tröst
Hos en flaska med alkohol

Lyckopiller

När jag klev av tåget
Ut på den folkfyllda perrongen
Landet där jag bor
En öde stad om vintern
Tänker tillbaka på den heta sommaren
Flickorna på stranden
Blickarna som klädde av dom nakna
Som att köpa lösgodis
Alldeles för mycket att välja på
Det är lättare nu på vintern
Tjockt med plagg
Huttrande kärringar
Och gnällande ungar
Man är som levande död
Snabbt in i värmen, bort från kylan
Nöjer sig med en kopp varmt kaffe
En blick och ett leende
Livet är som ett lyckopiller
Sexlusten försvinner
Och man gläds åt det lilla

Att älska

Hör dina djupa andetag
Vet att du finns där
Kommer att finnas
Och hur vi kommer att åldras tillsammans

Hör din trygga röst
Hur du talar om livet
Om döden, och hur vi ska vänta på varandra

Kärlek är för litet ord
Vänskap är för torftigt
Och förälskelse varar inte för evigt
Men våra själar är sammanlänkade

Och orden "tills döden skiljer oss åt"
Dom känns så självklara

Det kan göra jävligt ont!

Kärleken är vacker

Ger mig rysningar

Fjärilar i magen

Och ett hjärta som slår

Lycka i mitt sinne

Kärleken är ful

Ger mig rysningar

Ont i magen

Och ett hjärta som slits itu

Och ger mig tårar på min kind

Kärleken är en lek

Ett spel för dom ensamma

Kärlekstörstiga

Dom hjärtlösa

Dom som tycker om att såra

Hyllning till kvinnan

Jag knäböjer för kvinnan
Kysser hennes hand
Jag prisar och höjer
Gudinnan
Vad vore mannen
Världen
Naturen
Utan kvinnan
Smal, mullig eller tjock
Små, stora eller en handfull bröst
Vad spelar det för roll
Vackra av naturen
Från ung till gammal
Föds vackra och åldras med skönhet
Tack alla kvinnor för att ni finns
För att jag har något vackert att beundra
Något att begrunda och drömma om
Knäböjer mig och kysser marken du har gått
Håller upp dörren
Skriver små vackra ord om er skönhet
Om hur jag avgudar er

Vackraste som finns

Dina läppar

Dina ben

Färgen på dina ögon

Håret som doftar så gott

Solen den skiner

Strålar över dig

Men din skönhets strålar är starkare

Ser varje steg

Klär av dig med blicken

In till bara underkläderna

Dom sparar jag till sist

Klär av dig naken på en äng

Ett hav av blomster

Dofter som påminner om dig

Men skönheten slår inte din

Vackraste kvinnan på jorden

Svarta sjukan

Alla behöver kärlek
Ömhet, kyssar och närhet
Villkorslöst
Men ibland ömmar kärleken
När villkoren smyger sig fram
Nära blir plötsligt ett tvång
Bojor runt händer och fötter
Ögonbindel, tejp över din mun
Tyst, tyst, tala inte
Se inte åt annat håll
Älska mig, bara en liten stund till
Bara lite till, lite mer
Den svarta sjukan
Begär som kramar kärleken ur dig
Som en gammal, sliten disktrasa
Stinker som döden
Ser ut som skit
Släng den fort innan den smittar

Gult är fult

DUNDRANDE KÄNSLOR

Maler sönder mig inifrån

Suger blodet ur mina arma vener

DUNDRANDE HJÄRTA

Stannar upp

Livet dör ut

Känner mig som en maskros

Ett ogräs i blomster rabatten

DUNDRANDE FOTSTEG KRING MIG

Snart trampar någon ner mig

Eller rycker mitt liv från jorden

Producera

Kärleken ser så jävla mjuk ut

Rundade kanter

Bulligt och rött

Men det är bara bilden

Dom vackra orden får mig att rysa

Njuta av tankarna

Låter så bra, perfekt

När jag viskar orden i ditt öra

Men det är handlingen man ser

Ett skådespel fyllt av passion

Bäst att du läser manus

Annars går allt åt helvete

Lek och allvar

Kom hit och lek

Kär

Kärleken

Leken som är rolig

Skojig

Lite busig

Fylld av lust

När leken är slut

Då blir det tomt

Skammen

Ensamheten

Man funderar över vad man har gjort

Stundens hetta

Lusten

Förförde mig till ensamheten

Osäker kärlek

Mina blickar följer dig
Varje steg
Varje andetag
Varje dag
Ser hur ditt bröst reser sig
Hör hur du suckar emellanåt
Kan nästan höra hur ditt hjärta slår
Men jag är ingen tankeläsare
Kan inte veta
Känner du som jag
Att jag aldrig skulle kunna vara utan dig
Att min hunger efter dig aldrig mättas
Att törsten efter din kärlek
Den får mig nästan att torka ut
Vill
Men kan inte
Vågar inte
Fråga om du känner som jag

Syndigt, myndigt
Och
Fyndigt

Del 2

Naturens Lagar

Känner mig vilsen i stadens djungel

Lagar som gör det svårare att överleva

Strävar efter det ljuvliga livet

Det röda vinet i kristallglas

Buntar av sedlar i min ficka

Omgiven av vackra flickor

Men har jag mer än en så begår jag hor

Det är inte lagligt i det landet där jag bor

Där ska man gifta sig

Skaffa sig ett barn eller två

Köra traktorbil som på franska heter jag rullar

Man äter snabbmat och rullar fram

Bakar bullar med saffran till jul

Har skittråkigt, men måste le och låtsas ha kul

Egentligen vill man bara supa sig full

Men man håller sig nykter för barnens skull

Eller är det bara för kärringens gnäll

För är du inte snäll, då får du inte komma till

Och det är ju det enda en man vill

Känner mig vilsen i livets djungel

Naturens lagar, gör mig till ett skadeskjutet djur

Ibland är man lite småkåt

Vissa dagar

Vissa nätter

Vissa mornar

Känner man sig bara så

Men bara då och då

När det faller på

Om det går

Om tillfället tillåter

Men det känns

Hårt

Hjärtat bultar

Man ler

Frustrerat

Vill bara

Vill nu

Vill du?

VACKRASTE SOM FINNS

Kärlek, erotik, pornografi
 Vacker tycker vissa
 Andra tycker det är syndigt och fult
 Många av oss knullar
 Andra älskar, rullar runt, ligger med varandra
 Syndigt tycker vissa
 Men dom allra flesta tycker att det är skönt
 Vad ska man kalla det manliga könsorganet
 Är det en kuk
 Eller ska vi kalla den snoppen, penisen eller
pille
 Det är jävligt svårt att hitta orden
 Få det att låta vackert och oskuldsfullt
 Snippa, kärleksgrotta, vulva, framstjärten
 Det finns hundratals ord för fitta
 Kanske är det för att kvinnliga könsorganet är
vackert
 Nej men usch, skriv inte så där
 Censur, censur
 Säger säkert många nu
 Men det är livet, verkligheten
 Något som alla människor gör
 Vissa är hårda och brutala
 Andra romantiska, passionerade och ömma
 Kärlek kan vara både vackert och fult

Konserverad kärlek

Är kärleken fri

Eller är det bara en stapelvara

Konserverad på plåtburk

Säljs för halva priset

Utan konservöppnare

Du får köpa max en burk

Tömmer du den

Sorry, men då får du stå ensam kvar

Ålderns rätt

Tänk vad åren går fort

Magen växer

Hjärnan krymper

Och pitten slaknar

Är kanske det som är erfarenhet?

Man har förbrukat kroppen

Håller den på lager innan den grävs ned

Precis som det fina vinet

Står bara där och samlar damm

Väntar på att en finsmakare ska komma

Någon som kan se skönheten i det gamla och fula

Till kvinnan

Kvinnans kropp är oändlig

Alla former och kvadrater

En man blir till gubbe

Ölmage och häng fett

På kvinnan blir det bara mer att ta på

Mannens rynkor

Får honom att se bitter ut

Tappar håret och får tupe'

Kvinnan blir bara bättre med åren

Vackrare och mer erfaren

Medan mannen tappar minnet

Erfaren men slak

Alla kvinnor är vackra

Och blir bara vackrare

Finns i alla former och kvadrater

Men det finns ingen kvinna som är ful

Motbjudande eller äcklig

Havet speglar kärleken

Hans ögon

Hennes ögon

Som vidöppna hav

Drunknade dom

Båda ville veta

Vad som dolde sig på botten

Havets mörka hemlighet

Som ett stormande hav möttes dom på mitten

Svallande vågor

Bultande hjärtan

Värkande själ

Det trängde på

När läpparna möttes

Och havet stod stilla

Stilla vatten som speglade kärleken

Returnerat

Man gifter sig

Lämnar livstids garanti

Men det är nya konsumentlagar

Annorlunda nu mot förr

Ett års garanti

Bytesrätt inom fjorton dagar

Gravida med stora magar

Ler stort

Myser och smeker

Kvinnan blev plötsligt två

Nu gäller inte längre bytesrätten

Bara en månad kvar på garantin

Det är väl aldrig kul med gammalt och slitet

Mannen själv är som en secondhand butik

Men han vill köpa nytt

Med ny bytesrätt, ny garanti

Trots att han själv är redo för tippen

Sliten, smutsig och full av skit

Sviterna av ett lätt på foten liv

SER DU KÄRLEKEN

Bär på kärleken i min hand

Sätter näsan till och luktar

Den doftar ingenting

Öppnar upp mina händer för att titta

Men jag ser ingenting

Jag sätter örat till, kanske den låter

Men bara vindens sus bland träden hörs

Kärleken är osynlig

Men jag vet att den finns där

För jag känner den inom mig

Jag är hungrig på livet, kärleken och passionen.
Törstig på lust och äventyr i nattens mörker.
Kan du mätta mig, släcka min törst?
Får jag smaka lite grann på dig, slicka och
nafsa.
Känna smaken av upphetsning, och släcka din eld
med tillfredställelse.
Kan vi inte bara vara, bara vara oss själva som
vi är.
Låta kärleken bli till ett hett skådespel.
En pjäs för oss själva, och stjärnorna i den
mörka natten.
Vi kan spela fritt utan manus, en massa måsten
och tvång.
Bara spela med hjärtat och lusten, och se till
att vi njuter var och en själv.

Känner du min hårda och bultande lem mot din mjuka och lena stjärt.
Känner du den bubblande känslan inom dig.
Sakta, sakta och smygande, kryper jag under din mjuka filt.
Min hand som följer din midja, smeker sig lekande fram till dina bröst.
Leker som om jag vore oskuldsfull, men jag känner mig trots allt erfaren.
Jag leker den farliga leken, den som är fylld av romantik och passion.
Jag leker med elden, slickar på glöden och andas in röken av dig.
Kan inte få nog, grymtar och fumlar mig fram som ett hungrigt rovdjur.
Törstig på kött och blod, anfaller jag din kropp, jag tränger in.
Allt är så kärleksfullt, men ändå så hårt och rått.

Smultronkvinnan

Dom smakar smultron

Dina läppar av siden

Doften av en nyutslagen ros

Det silkeslena håret

Andetagen

Så heta som en sensommar

Vill smaka, leka

När jag ser dom styva vårtorna

Mina läppar sluter sig

Runt vårtgården på ditt bröst

Min varma, fuktiga tunga

Leker, letar sig fram

Erotiskt, snuskigt

En känsla som är underbar

När man utforskar en främmande kropp

Ligga med varandra

Håller hårt

Dina handleder

Ovanför ditt huvud

Jag tränger in

Kysser dina läppar

Brösten gungar

Jag grymtar

Vi faller ihop

Faller i kärlek

Till varandra

Utmattade

Mättade

Och bojade till varandra

Våra nakna kroppar möts i mörkret, mina läppar
möter ditt nyckelben.

Du skälver till

Jag sluter min mun kring din hals, jag kysser dig
ömt på ömma ställen.

Du ryser

Lägger mina händer på dina bröst, talar om hur
vacker och underbar du är.

Du tänker "han vill knulla"

Jag sliter i dina kläder, men du rättar till dom
men låter mig kyssa din nakna hals.

Dina principer " aldrig på första
dejten"

Jag fortsätter kyssa din hals, möter dina läppar
och våra tungor leker.

Du kan inte hålla dig

Sakta klär jag av dig, plagg efter plagg, blottar
dina nakna bröst och dina trosor med spets.

Du hängav dig, släppte dina principer,
tyckte det kändes rätt.

Älskar att älska

Älskar mulliga kvinnor, smala med stora bröst och
små bröst.

Älskar att älska, passionerat.

Älskar att komma in, tränga mig på.

Älskar dina ögon, dom som är gröna, bruna och
blå.

Älskar att tillfredsställa, känna mig som en man.

Älskar att älska hela natten lång.

Hatar när man kommer för tidigt, när akten inte
blev lång.

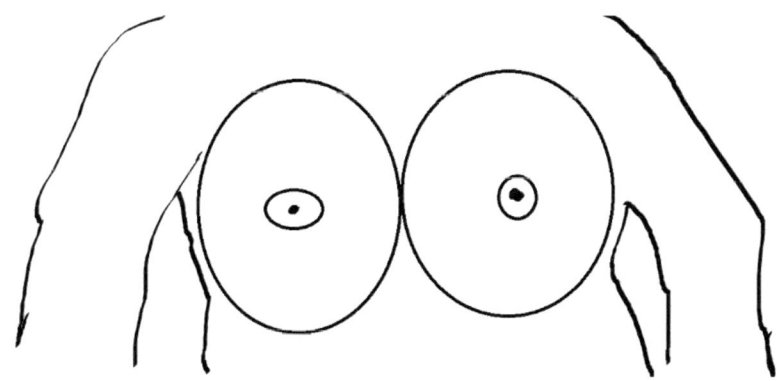

Orgasmen

Högt, högt upp på höga moln

Bedarrar vinden

Kroppen skakar

Varmt fuktigt

Trångt

Kramar om

Vått

Sjunde himmelen

Pers pärleport

Akten är över

Nu är det mörkt

God natt

Schemalagt att ligga

Ibland hinner man liksom inte med, veckodagarna räcker inte till, fredagsknullet uteblir, den schemalagda aktiviteten stryks från agendan.

Barnen vägrar sova ensamma, sängen ser ut som samlingsplats för knubbsälar, en odör av svett och dålig andedräkt ligger tung över rummet.

Sexuellt frustrerad, svårt att somna och tankarna far runt i huvudet. Är det detta som kallas Svenssonlivet, var verkligen det här jag längtade så mycket efter.

Ett schemalagt liv utan närhet, ömhet från en kvinna. Barn som tar över vardagen, ligger stilla, blundar och känner mig bortglömd.

Ligger med sängen full av kvinnor, en ormgrop med playboymodeller.

Snarkar till, vänder mig om

Precis när man ska komma till, då börjar kärringen sparka på en, skriker att man ska vända sig på sida, sluta snarka.

Svårt att hitta tillbaka

Förbannade kärring, förstörde ormgropen, nu hittar jag inte modellerna igen.

The end

UNDERBARA
SVENSSONLIVET
PERSPEKTIV

DEL 3

Svensson

Svensson, Svensson i kvarteret där
Säg mig vem som är bäst här
Villa, fru, barn och hund
Femtio tum Tv och hemmabio
En fasad av finaste trä
Pool av den allra största modell
Själv nöjer jag mig med att vara Karlsson
Kärring och ungar
Sola på taket
Bada i badkaret
Och ta en kopp kaffe i trädgården
Mohammed här bredvid
Han har ett helt harem
Ett fotbollslag med ungar
En dusch och en grill
Han ler alltid ändå och är trevlig
Säg mig Svensson, gör sakerna dig lycklig
Större och mer kärleksfull
Det är ju trots allt bara en status av döda ting

Många frågor utan svar

Vad fan är kärlek egentligen?

Är det njutningen?

Mättade lustar?

Eller är det kanske att mätta barnens munnar

Betala skatt och vara en god medborgare

Att ge bort en korg med rosor och choklad

Säga att jag älskar dig

Är kärlek att ligga med varandra?

Att kyssa en kind

Kanske är det kärlek jag ger dig

När jag fångar upp dig i min famn

Eller så är det bara så att kärleken är en lek

Höstmörka dagar

Hasselnöten faller hårt till marken
Träden är halvt döda och hösttrötta
Dom ser ut att vara psykiskt sjuka
Kanske är det en höstdepression
Kala, murkna och gråa
Nästintill spöklika vilsna själar
Åldern brukar ju ta ut sin rätt
Knakar och gnisslar i vinden
Där under står jag och kikar upp
Blek med mörka ringar kring ögonen
En liten färgton av rött på kinderna
Det doftar multnad jord
Med inslag av döden
Mörka och trista dagar
Men nätterna är stjärnklara
Levande ljus som dansar i mörkret
Element och öppna spisar
Värmer upp den vilsna, frusna själen
Ull filt, tv och en kopp varm choklad

Bäst före

Bäst före datum
Skulle nog lagt av när jag låg på topp
Men jag fortsatte
Det var ju så in i helvete skönt
Att göra dom var inte det svåra
Att leva upp till det man har lovat
Det är det svåraste uppgiften i livet
Man ska leva upp till att vara den far
Pappan som aldrig fanns där

Empati

En tår faller på min kind

När jag hör barnet gråta

Känner igen mig så väl

Sorgen som sitter kvar i benmärgen

Saknaden efter kärlek

Ett tröstande ord

Kanske en klapp på kinden

Inte mycket begärt

Men det är något stort

I alla fall för ett barn som inte har fått kärlek

Är det detta man kallar empati

Eller är jag bara känslomässigt förstörd

Är jag kanske bara ett barn

Inlåst och fastbojad i en gammal mans kropp

Skinhead never walk alone

Stålhetta, hängslen och tio håls dr Marteen boots

Rakad skalle, baseboll trä

Hets mot folkgrupp, gruppmisshandel och gruppsex

Fan vad jag var tuff, så jävla häftig

Jag vågade skrika Sieg Heil

Lilla jag, det tjocka barnet som hade varit
mobbad

Nedtryckt och förstörd hela sin barndom

Dömd att leva i minoritet, att behöva hävda sig

Tönten som inte var något utan alkohol

Som runkade till bilder på svarta kvinnor

Lyssnade på Bob Marley i smyg

Och bästa vännen som var Brasilienare

Trodde att alkoholen var en personlighet

Att jag blev känslokall och tuff

Såg inte att den sakta tog mitt liv

Penetrerade min hud med sina vassa klor

När jag vaknade upp till livet

Då visste jag inte var jag var

Vem jag var

Såg bara den tomma flaskan bredvid min vilsna
kropp

Stämplad till inget liv

Varför ska folk stämpla så hårt, sätta ett märke
i pannan. Är det bara för att andra ska få se
samma sak som dom själva ser, vill dom dela med
sig av det fula i livet för att visa att dom är
fina.

För där kommer han, titta, titta
Den nedpissade äckliga alkoholisten

Det fina folket pekar, skrattar åt hans
undergång. Dom spottar på hans fotspår och pekar
långfinger bakom hans rygg, dom tror att han är
både blind och döv.

Ut med packet från staden
Bort med dom från våra parkbänkar
Ta livet av dom jävla svinen

Det fina folket, som dricker vin ur glas med fot
på. Som köper bag in box till fredagsmyset. Dom
har inte förstått att han gör allt för att fly,
och livet, ja sakta tar han sitt eget liv flyr
från folket som skyr honom. Han flyr sig själv
och den hårda verkligheten.

Livet i en liten ask

Ungdomen var så full av färg
Blommor och bin
Man gick som på lätta moln
Älskade som kaniner

Sen blev man plötsligt vuxen
Pubeshår och id kort
Öl och slagsmål
Raggade upp en trevlig tjej

Värre var det att bli äldre
Att se yngre ut än id kortet
Man tog sig en jävel ur flaskan
Och man sätter på allt med två ben

När man är gammal
Ja då mister man id kortet
Omyndigförklarad, med kort minne
Men alla heta stunder dom minns man
Ja även om pitten inte kan stå

Öden och döden

Först lekte jag med den

Sen längtade jag efter den

Jag provade på

Tyckte att det var alldeles för mörkt

Kallt och ensamt

Slog bort det från mina tankar

Men hamnade där en gång till

Det blev ljust

Lätt och lagom

Bara en snabbvisit

Ett återseende

Bara för

Eller för att

Kanske hatar jag den

Men älskar den lika mycket

Längtan finns inte kvar

För idag trivs jag med mitt liv

Och nästa gång jag reser

Ja då blir det för gott

Bitterheten

Man ler

Hälsar glatt

Lyfter handen

God dag

Passerat förbi

Man låter mungiporna falla

Tittar ned i marken

Ett kort skådespel

Är fan inte lycklig

Inte glad

Egentligen

Skiter man fullständigt i det

I om det är en vacker eller ful dag

Förtränger så gott jag kan

Skitiga händer

Oskuldsfullt barn

Syndiga tankar

Om ett skadat barn

Kärlek

Snedvriden förälskelse

Famnen som fångar upp

Läpparna som kysser

Odör av Brännvin

Fulla svin

Och gråtande barn

Som svanen och den fula ankungen

Ankungen som blev ett rovdjur

Ute efter hämnd

Blod och hårda slag

Glassplitter

Tabletter och hasch

Allt som kunde bedöva

Döda gamla minnen

Medberoende beroende med..

Den smärtsamma samariten

Gömmer, städar, döljer

Bygger fina fasader

Utåt sett är det guld

Men bjuds du in

Så är det bara rostig plåt

Skrot från tippen

Kättingar och bojor

En fängelsehåla

Tomma flaskor

Unken doft av döden

Spyor och alkohol

Pinsamma samariten

Vet inte om det själv

Fånge i helvetet

Slav till djävulen

Alla ser

Pratar

Men gör ingenting

Svenssonlivet

Sorlet från tv, morgonnyheter

Varm choklad, rostade smörgåsar, skitiga och kladdiga
barn.

Kivas, nyper, river varandra

Tittar upp från morgontidningens hemska nyheter om
mord och överdoser, rån och misshandel

Skriker, håll käften nu för fan

Orkar inte mer, samhället är så jävla hårt och kallt,
vart har kärleken tagit vägen?

En smörgås åker i golvet, upp och ned

Med en suck slänger jag tidningen åt sidan, reser på
mig hämtar den stinkande disktrasan och brer ut smöret
på golvet

Drar foten över fläcken

Tänk att när jag äntligen lever Svenssonlivet så är
jag ändå inte nöjd

Tankar om natten

Natten är så kall och tung, svårt att andas. Då tänder
jag nattlampan och tittar åt sidan, där ligger du.
Jag är inte ensam, behöver inte vara rädd.

Det var bara en mardröm, mardröm om ensamhet och
förtvivlan.

Eller kanske var det en tillbakablick på det gamla
livet då jag var gift med flaskan.

Ett dött ting som både var hårt och kallt, och bara
gav mig bekymmer.

Jag ler, lägger min arm om dig och inser att det bara
var något gammalt.

Släcker lampan och sluter mina ögon åter fantiserar om
kärlek och drömmer om lust.

Den här sagan fick trots allt ett lyckligt slut, även
om det inte var jag riddaren i nöden som räddade
prinsessan.

Omvända roller i ett jämlikt feministiskt samhälle,
där kvinnan räddar mannen ur den kalla fängelsehålan.

Kanske är det så det har sett ut i alla tider, men att
mannen den stora och starka blev en hjälte sägen.

Morgonstund har guld i mun

Den vita kaffekoppen står på bordet

Kaffet osar, ryker

Förälskad i livet så blickar jag ut över den levande
trädgården, grönt, rosa, rött alla underbara färger

Tänder en cigarett

Blickar mot den ljusblåa himmelen, små, små vita
stackmoln.

Drar ett djupt bloss

Tänk att bara för några år sen, då såg jag inte livet

Sätter kaffekoppen till min mun

Då var jag förälskad i flaskan, en falsk förälskelse

Jag blåser lätt på det heta kaffet

För bara några år sen så var livet färglöst, jag såg
allting i grått och svart

Tar en klunk ur koppen

Så vackert med alla blomknoppar som bara väntar på att
få slå ut, väntar på att börja få leva.

Drar ett djupt bloss, blåser ut röken

Så jävla underbart att se Allting med en klar och
vaken blick.

Sätter ned koppen på bordet

Jag sträcker på mig och släpper väder ute i det fria

Tar fimpen mellan fingrarna och skjuter iväg

Den ensamma stunden på morgonen är den allra heligaste
på hela dagen.

Går in stänger igen dörren bakom mig

Du gamla och du fria

Först en rak höger
Sen en rak vänster
En uppercut rakt upp i nyllet
Du gamla och du fria
Ett stort skämt
Du fjällhöga nord
Som sakta dör ut
Du tysta, du glädjerika sköna
Bilar bränns, stenade polisbilar
Rakade människor med järnrör
Och blodet flyter
På dom glädjerikas gator
Du tronar på minnen
Som inte längre finns kvar
Från fornstora dagar
En historia som vi skäms över
Försöker försköna
Suddar, lägger till och ändrar
Vad röstade du på?
Partivän eller fiende
Vänskapen byggs inte på personligheten
Om ni är själsfränder
Eller om ni älskar varandra
Vänskapen bygger på politiken
Du gamla och du fria
Du bojade man eller kvinna
Du fjällhöga nord
Politiska mord och förföljelse
Ett nytt fenomen i vårt land
Du tronar på minnen
Från Palmes stora dagar
Då ärat Sveriges land var fredligast på jorden

En sorts jävla Shakespeare

Att vara, eller att icke var
Att leva eller dö
Kanske levande död
Tömd på känslor
Känslomässigt störd
Fången i en flaska av glas
Halsen är försluten
Den onda anden
Fast i evighet
Bojad vid beroendet
Att vara eller att icke vara
Frågan jag ställer till mig själv dagligen
Striden mellan själen och begäret
Begär skiljsmässa från min egen kropp
Men djävulens advokat
Han vill få mig dömd
Till livstid i beroende
Ett evigt sug till något jag inte kan få
Olyckligt förälskad i döden

Inblick

Jag blickar ut över trädgården som sakta håller på att dö ut, det är något vackert med döden och allt det som förmultnas. Den dör ju trots allt inte ut förgäves, den dör för att åter börja leva till våren igen, alla färger och dofter som kommer till sommaren. Jag önskade bara att jag hade sett det här för längesen, att jag hade öppnat ögonen lite tidigare. Men jag såg ingen framtid i mitt tidigare liv, det var bara gamla minnen som spelades upp och spolades tillbaka för att spelas upp igen. Och jag tömde flaska efter flaska med alkohol och tog tablett efter tablett bara för att slippa känna. Jag flydde både från mig själv och den hårda verkligheten, men allra mest från alla dom som hade skadat mig sen barndomen.

Jag lyfte upp min kaffekopp med hett kaffe som jag hade ställt vid sidan om mig på det rangliga gamla utebordet, plockade upp en cigarett ur bröstfickan på skjortan och tände den. Jag ville helst inte minnas tillbaka, men hur skulle jag kunna förtränga något som fullständigt hade tagit över mitt liv, mina tankar och drömmar. Men jag vet inte egentligen vad som gjorde ondast, om det var att jag blev mobbad för min övervikt, sparkad slagen och spottad på, eller om det var för att jag fick återuppleva allt när jag kom hem efter skoldagen igen genom en styvfar som var precis likadan som plågoandarna i skolan. Nej själva misshandeln och slagorden kunde jag stå ut med, ondast gjorde det nog att jag aldrig fick någon äkta kärlek hemma. Aldrig någon som tröstade mig, lovade mig att göra allt bra igen. Ingen som någonsin sa att den älskade mig, inte ens min egen mamma kunde säga dom orden. Istället fick jag ständigt lyssna på orden om hur konstig jag var, att det måste vara något fel på mig som grät och inte ville gå till skolan.

Idag blir jag så jävla bitter och förbannad över att ingen ville se vad som hände. Alla såg men dom blundade för det ändå. Ingen vågade agera eller ta tag

i problemen. Istället fick jag gå till en psykläkare
som skulle utreda eventuella hjärnskador på mig. Även
om jag nog visste själv att det inte var något fel på
mig så började jag tro på allt som folk sa till mig.
Det var kanske ändå mitt eget fel att jag blev mobbad,
jag var kanske alldeles för blyg och tillbaka dragen.
Men hur skulle jag kunna ta plats när jag aldrig fick
chansen att göra det.
Det som räddade mig var det som senare skulle ta mitt
liv, det var alkoholen och drogerna. Hade jag inte
funnit den flykten i så tidig ålder så hade jag nog
inte levt idag. Redan som nioåring drack jag för
första gången, och den gången kommer jag aldrig att
glömma, det var förälskelse vid första ögonkastet.
Känner jag efter så kan jag än idag känna den härliga
känslan av värmen i bröstet, hur jag sakta försvann in
i någon sorts dimma och kunde vara mig själv. Som tio
åring började mina självmordstankar komma, jag började
plocka glasskärvor som jag penetrerade huden med så
att blodet började rinna. Jag ville så gärna bara dö,
bara få försvinna från allting, men jag var för feg,
jag släppte glasbiten av ren reflex när det började
göra ont.
Skakade på huvudet och satte cigaretten till min mun,
kände att jag började få tårar i ögonen och en klump i
halsen av att tänka tillbaka på den förbannade jävla
skiten. Aldrig någonsin skulle jag kunna behandla ett
barn på det sättet som jag hade blivit behandlad på.
Hur mycket vrede och hat jag än kände så skulle jag
aldrig göra så mot mina egna barn. Inte någon annans
heller för den delen. Lyfte kaffekoppen till munnen
och tog en rejäl klunk. Grannarna var på väg till
jobbet och hälsade glatt på mig där jag satt ute i
mina boxershorts slitna t-shirt och stickade mössa.
Jag var sån, jag brydde mig nog inte så mycket om hur
folk såg på mig nu för tiden, huvudsaken var att jag
hade lärt mig att leva med mig själv och att jag
trivdes med mig själv.

Många gånger har jag tänkt för mig själv, att vara eller att inte vara, man är och kommer alltid att vara. Så lyder min diagnos som alkoholist. Jag kan hålla mig frisk, men jag kommer aldrig att bli friskförklarad. Kommer att få leva med det förbannade suget som äter upp en inifrån och ut. Jag kommer alltid att stå och dregla vid alkoholen, men så länge jag inte sträcker ut handen och tar den till min mun, ja då är jag en nykter alkoholist

Man känner sig som en dålig skådespelare, det mesta som kommer ut ur munnen är dåliga historier och lögner. Eller ja det mesta i alla fall, man vet inte själv längre vad som är sant eller inte. Som pappa känns det ganska bra, sagoböcker är dyra, dessutom otympliga att ligga och läsa i sängen. Jag har hela huvudet fullt av sagor, sagor ur livet som måste censureras lite bara, kanske förfinas en lite aning och dom nakna kvinnorna får man ge kläder på.

Ofta när jag går ute, känns det som om jag har en stämpel på pannan med " alkoholist " det känns som om folk vänder sig om och tittar på mig och pekar, titta, titta där kommer en sån där alkoholist, ett drägg, en skitstövel och jag vill bara vända mig om och skrika att jag är för fan nykter. Men det gör jag inte, för som nykter är jag blyg och tillbakadragen och undviker helst onödiga konflikter. Jag är inte längre den tuffa mannen med nedpissade jeans som skriker och spyr på gatorna. Flaskan som jag höll i handen har jag bytt ut till en pappersmugg med kaffe i för tio spänn, oftast tittar jag ned i marken för att slippa möta andras blickar. Som om jag vore rädd för att mina ögon skulle spegla mitt gamla liv, kanske skulle vem som helst kunna se vad jag hade för sjukdom.

Förhoppningsvis är det fler än jag som vaknar upp, inser att beroendet har tagit över hela livet. Man inser hur gammal man har blivit, hur mycket man har missat.

Alla känslor som man trodde fanns, det var bara falska illusioner, egentligen visste man inte vad känslor var för något. Trodde att det var något man fick skaffa sig. Men snart så upptäcker man att det är något som finns inom en, men som kanske satt ganska långt inne i själen. Man får börja arbeta med sig själv, lära sig att man måste älska sig själv för att kunna älska någon annan, att sorg inte är att man sitter och gråter för att man tycker synd om sig själv. Man får lära sig att känna empati, sympati, lära sig att hantera känslorna öga mot öga istället för att blunda och sätta flaskhalsen till sin mun.

Med mina texter och böcker vill jag öppna upp för diskussion, få folk att öppna ögonen och börja prata om det som blir alltmer en folksjukdom. Kanske kan man rädda ett barn, en familj, ett liv.

Tänk om människor bara kunde sluta upp med att skuldbelägga och håna andra människor. Och istället sträcka ut en hjälpande hand, oftast räcker ett par snälla ord och lite omtanke för att en medmänniska ska känna sig sedd eller hörd.

Jag fimpade cigaretten och drack ur det sista ur koppen innan jag gick in igen. Jag satte mig med datorn i famnen, en sliten gammal laptop som hade sett sina bättre dagar. Det var min nya drog att skriva, jag skrev poesi texter om det som hade varit så fult, försökte att hitta något vackert i det hela. Och det var ett sätt för mig att klara av att bearbeta alla känslor som fanns där inom mig. Vi hade nog något konstnärligt i våra gener, min pappa spelade instrument och sjöng. Han hade alltid med sig sitt munspel i innerfickan på sin skinnväst, och när han kände för det drog han fram det och drog av en blues. Oftast var det när han var full, vilket han oftast var. För antagligen var det också något genetiskt, det där med beroende. Men han fann aldrig någon mening med sitt liv och slutade aldrig med drogerna. Jag undrade alltid när jag var liten varför han hade en sådan förkärlek till blues. När jag blev äldre och kunde förstå texterna och musiken så förstod jag varför. Han kunde leva sig in och känna den egna smärtan och sorgen i texterna.

För mig var min pappa en gud, någon jag såg upp till väldigt mycket, och gjorde så länge han levde. Jag kunde inte ens känna hat emot sådana saker som han hade gjort mot min mamma när jag var liten. Jag minns en gång när han kom hem skitfull, jag var nog mellan tre och fyra år. Han slängde omkull min morsa på golvet och sparkade henne med träskorna på sig, och skrek fitta. Jag minns det ordet så väl och det ekar nästan i huvudet på mig " din vidriga jävla fitta". Men det konstiga var att jag aldrig blev rädd, och jag tyckte inte synd om min mamma, jag blev mer ledsen över att min pappa försvann. På något förvridet sätt så tyckte jag kanske att det var hennes fel att han försvann.

Tänker jag efter så har jag nog bara sjuka minnen av min pappa så länge han bodde hemma hos oss. Som dom stora cannabis plantorna i vardagsrummet. Psykodeliska tavlorna på väggen. Hur han hade torkat cannabisblad inrullade i tidningspapper högst upp i bokhyllan. Och hur jag fick sitta i hans knä i den bajsbruna manchestersoffan och dricka dom sista dropparna ur ölburkarna. Jag minns alla vapen han hade hängandes på väggarna, svärd och spikklubbor och gamla värjor. Och hur han fick nynna på mupparnas sång för att natta mig. Annars somnade jag inte.

Däremot hade jag förträngt allt det andra som jag fick berättat för mig som vuxen, att han kunde ligga dekad i sandlådan på gården när vi kom hem, hur han hade skurit upp sina egna handleder utanför vår ytterdörr och det var stora blodpölar efter honom i trapphuset. Eller att han en natt stod med en pistol mot huvudet inne i sovrummet och hotade att ta livet av sig. Sånt har jag förträngt helt och hållet. Antagligen var jag rädd för att inse att han var sjuk i samma psykiska sjukdom som jag, kemiskt beroende. Hur sjukt allt än var så kunde jag bara inte låta bli att le när jag tänker på en historia som min mamma berättade en gång, om när dom precis hade flyttat till en ny lägenhet, jag var nog bara några månader gammal. Min pappa gjorde ett allvarligt försök till att hålla sig nykter. Våra grannar spelade hög musik och hade fest. Min pappa var fly förbannad och letade upp grannens telefon nummer och ringde över, men allt blev så fel som det kunde bli. För när min pappa förklarade vem han var, så svarade grannen " jaha det är du med amazonen" Min pappa flög direkt i luften och skulle gå över och slå ned den jävla skithögen, han tyckte nämligen att han hade hört honom säga "Jaha är det mammas lilla son" men den kvällen gick han över, men han kom inte hem för han stannade på festen och söp skallen av sig.

Jag lutade mig tillbaka i fåtöljen som jag satt i och tittade på fotona på barnen som hängde på väggen. Jag hade inte varit ett dugg bättre än min pappa. Även jag hade gett upp en gång för att jag inte trodde att det fanns någon annan utväg att bli nykter på, jag hade låst in mig på toaletten, blötat upp ett skärp till en frotte' morgonrock som jag knöt runt halsen så hårt att jag inte fick luft. Jag knöt så många knutar att jag inte skulle lyckas knyta upp dom i ren panik, och jag lyckades. Mitt sista minne var hur allting först bara blev ljust av syrebristen, jag hörde mitt eget hjärta kämpa där inne i kroppen för att försöka få blod till hjärnan, det varade i några sekunder innan allt bara blev mörkt, kallt och svart. Hade det inte varit för min fru som bröt upp dörren och gjorde första hjälpen på mig så hade jag inte suttit här idag, och jag är jävligt glad och tacksam över att hon räddade mitt liv tillbaka.

Idag älskar jag livet, familjen och barnen och kan inte tänka mig att vara utan någon av dom. Jag har svårare att förstå vad hon såg hos mig, en nedsupen alkoholist som var långt nere på botten av träsket och kröp för att överleva. Just då var jag nog lite förbannad över att hon hade bestämt sig över att vara min gud, att hon skulle välja över om jag skulle leva eller dö. Men jag var sjuk och jag kunde inte tänka klart. Kärleken förstod jag mig överhuvudtaget inte på, men nu idag vet jag att hon gjorde det för att hon älskade mig, den friska sidan av mig. Men hon hatade lika mycket den sjuka mig. Jag var som dr Jekyll och Mr Hide. Och det kunde vända väldigt fort när jag fick alkohol i mig. Från att vara en kramgo nallebjörn till att bli ett stort äckligt svin.

Satte mina fingrar till tangentbordet på datorn, jag behövde inte tänka eller försköna orden, allt kom av sig själv som om jag hade en sammankoppling mellan hjärtat och fingertopparna. Som vanligt kom det sorg ur hjärtat som printades ned till ord på skärmen. Ord som var så jävla värdefulla för mig, och för många andra som var i samma sits som mig, jag tror många av oss kände oss orättvist behandlade i samhället. Folk såg nästan ned på en för att man inte drack alkohol. Ibland fick man en klapp på ryggen för folk tyckte att man duktig, men man såg hånleendet på deras läppar. Ungefär som när man var barn och hade snubblat och skrapat upp knäna och en vuxen kom och klappade en på ryggen och tröstade med att snart skulle det nog gå över.

Jag skrev färdigt texten, som så många gånger handlade om min far, om arvet, beroendet och om det rastlösa livet. Jag vet inte om jag var bitter på honom eller om jag bara saknade honom, allt hade gått så fort. Han var bara 46 år när han gick bort och jag var lite över tjugo. Jag var inte ens nykter på hans begravning och det kan jag ångra idag. Jag satt där på kyrkbänken helt tom och tyckte synd om mig själv.

Jag sket i att vara med på minnesstunden efteråt, jag valde att supa istället. Att åka iväg på semester med min dåvarande flickvän som jag hade träffat på avgiftningen och utslussningen. Hon var inte frisk, hon var psykiskt sjuk och hade borderline. Jag förstod inte så mycket av det i början vad det innebar. För utåt sett så var det inga större fel på henne, inte så länge som hon tog sina mediciner.

Jag skrev dit sista meningen på dikten

Arvet från far
Vinden susar
Vågorna slår
Människor runt mig går
Ingen ser
Hör
Ropen på hjälp
När jag sakta ligger och dör

Själen är förlorad
En kvarting i ena handen
I den andra sand från stranden
Alla tittar
Pekar
Men ingen hjälp finns att få

Vindens sus
Vågornas brus
Sommarens stekheta sol
Bränt barn
Blir till alkoholist
Fast i sylvassa klor

Falsk, listig och stark
Trodde jag att jag var
Men flaskan tog överhanden
Precis som med min far

Tjejen jag pratade om, hon tog nyligen livet av sig,
och lämnade två små barn kvar. Jag hatade henne innan,
hon hade varit en stor mardröm i mitt liv. Men när jag
fick höra om självmordet så tyckte jag faktiskt synd
om henne. Hon mådde dåligt och hon visste väl att hon
aldrig någonsin skulle bli frisk.

Den perioden av mitt liv Var en av dom värsta jag hade varit med om, jag flyttade ihop med henne i ett litet samhälle på södra Gotland. Någonstans i min förvridna hjärna hade jag fått för mig om att det skulle hjälpa att fly från problemen i Uppsala, staden som jag hade min stämpel i.

Visst gick det ganska bra i ett par månader, innan jag började nalla av hennes tabletter och var ständigt hög, jag satte eget vin och hade fri tillgång till allting, livet blev som en dimma.

En dag vaknade jag upp på sjukhuset, först förstod jag inte vad jag gjorde där, men fick snart reda på av en mycket irriterad sjuksköterska, att jag hade kört bil på landsvägarna.

Jag kört bil?

Jag hade aldrig suttit i en bil innan ännu mindre startat eller kört.

Jag tittade mig runt i akut rummet som var fullt av blod och slangar, det ömmade i hela ansiktet på mig, jag fick förklarat att jag hade krossat näsan och spräckt läppen upp till näsan, och dessutom hade jag glassplitter i hela ansiktet. Men jag hade haft tur, dom trodde först att jag hade fått en hjärnskada och hade kallat på ambulanshelikopter från fastlandet.

Nu förstod jag att snutarna snart skulle vara här, sådant här kom man aldrig undan med, jag slet ur slangarna ur armarna och blodet sprutade som en fontän. Jag drog åt mig sjukhuskläder och sprang så fort jag kunde ut från sjukhuset. Ansiktet och huvudet var fyllt av blod och folk vände sig om och tittade på mig. Jag lyckades få tag på en taxi som körde mig hem. Och hade jag varit klar i huvudet nu så hade jag gått till polis stationen i samhället som jag bodde i. Men det gjorde jag inte, jag barrikaderade hela lägenheten satte för varje fönster med möbler och låste in mig.

Jag slutade gå ut på dagarna, slutade äta, jag levde på tabletter och vin, lite då och då gick jag ut på nätterna för att få frisk luft, men på dagarna låg jag bara under mitt täcke, ofta hörde jag hur polisen var och knackade på och ropade i min brevlåda men jag lyckades stänga in mig och stänga av allting men jag blev knäppare och knäppare tog mer och mer tabletter så att jag fick tablettförgiftningar flera gånger om. Jag hade en sådan sjuk förföljelse mani att jag inte ens vågade gå nära mina fönster hemma.

Så levde jag i flera månader, innan jag hittade ett nytt boende på Gotland, en stuga som låg flera kilometer upp i skogen. Jag flyttade ihop med tjejen på riktigt nu, och jag trodde att allting skulle bli bra. Men hon fick för sig om att sluta med sina mediciner och allt vände till ett värre helvete än när jag satt instängd med förföljelse mani. Hon blev plötsligt svartsjuk och då menar jag inte på andra tjejer bara utan även på min familj. Jag vet en gång när jag skulle ringa till min morsa för att be henne om hjälp med att komma tillbaka till Uppsala för att jag inte orkade mer. Och hon klippte av telefonsladden mitt i samtalet, sen sprang hon runt till varenda telefon och klippte av sladdarna. Visst kunde jag leva med det, men det blev bara värre och värre, hon började låsa in mig först i källaren och sedan med polislås som satt på ytterdörren. Försökte jag ta mig ut så hängde hon runt mina ben och bet mig, hotade mig flera gånger med kniv att hon skulle döda mig om jag försökte ta mig ut.

Jag började spela teater, jag låtsades tycka om henne, hade sex med henne trots att jag mådde så illa att jag hade kunnat spy rakt över henne. Men jag lyckades få henne att tro att allting var bra. Att allting hade löst sig. Men jag hatade henne så mycket just då att jag hade kunnat döda henne, men jag visste samtidigt vad det skulle få för konsekvenser, och jag var inte beredd på att ta dom konsekvenserna.

Jag började planera för en flykt, jag började smussla undan pengar som jag gömde, packade en väska som jag gömde under trappen. Och en vinternatt när det låg ca en halvmeter snö utanför fönstret så slog jag till. Jag tror klockan var ungefär halvfyra på morgonen och jag visste att det skulle gå en buss klockan fem in till stan. Jag öppnade fönstret på andra våningen och hoppade ut. Jag har nog aldrig sprungit så fort i hela mitt liv som jag gjorde då. Jag plockade upp ficklampan som jag hade stoppat ned i ryggsäcken och sprang genom skogen upp till busshållplatsen där jag stod gömd i skogen till bussen kom.

Jag kom tidigt in till Visby och strosade omkring, jag visste inte riktigt vad jag skulle göra, eller var jag skulle ta vägen. Min mobil började ringa frenetiskt, det var hon som ringde och hon skickade sms efter sms det ena hotade hon mig på, det andra fick jag kärleksförklaringar på. Men jag ville inte se dom, se dom missade samtalen eller sms. Jag plockade upp mobilen ur fickan och slängde den så långt ut i havet som jag kunde.

Nu var jag fri, jag log plockade upp sedelbunten som jag hade byxfickan, pengar som jag hade lyckats gömma undan, jag gick ned till färjeterminalen och köpte en biljett till Nynäshamn dagen efter, jag vet egentligen inte varför jag inte bara tog första bästa färja över till fastlandet. Kanske var det så att jag hade svårt att slita mig samtidigt, var jag rädd för det nya som skulle komma. Det var ingen som visste att jag var på väg hem igen, jag hade inte talat om det för någon alls. Jag gick in till stan innanför ringmuren igen, klockan var nu ca 10 på förmiddagen och butikerna hade börjat slå upp sina dörrar, jag var stelfrusen, det enda jag hade på mig var jeans, en t-shirt och en stickad tröja över och det var tio minus grader ute. Jag hittade ett vandrarhem som jag gick in på, jag beställde och betalade för ett rum för natten. Gick upp och lämnade väskan på rummet och gick sen ut till systembolaget och köpte öl och sprit som jag tog med mig upp, och gick in på kiosken som låg bredvid där jag köpte en porrblaska och en snusdosa. Vet inte varför jag köpte porrtidningen, kanske var det ett sett för mig att visa mig själv att jag äntligen var fri.

Uppe på rummet så tittade jag mig i spegeln som hängde ovanför ett gammalt slitet handfat. Jag såg ut som en människa som var levande död. Jag var grådassig i huden och hade stora svarta ringar kring ögonen. Jag tror helt allvarligt att om jag inte hade flytt därifrån så hade det nog blivit min död.

När jag väl hade lyckats ta mig hela vägen till Uppsala så fick jag en chock. Först fick jag reda på att min syster som var ett år yngre än mig låg på sjukhus, hon hade ms. Alla blev glada att se mig, men ingen trodde väl riktigt på mig att jag skulle klara av att leva ett normalt liv. Att jag skulle klara av att hitta mig själv. Och dom fick rätt, jag hamnade snart i gamla spår igen, började träffa folk som jag borde ha hållit mig undan från. Och snart levde jag på gatan som en luffare igen.

Jag tror att det är därför jag inte riktigt har förstått än idag femton år senare att min far är död att han inte finns mer. Det känns konstigt att säga att man inte tänker på honom längre, men jag har förstått att han gjorde mig jävligt illa med sina lögner och svek när jag var mindre. Alla gånger han lovade att komma och hämta mig, eller att vi skulle hitta på både det och det andra roliga, men när dagen kom så dök han aldrig upp. Och oftast ringde han mig bara på fyllan för det var väl då han satt där med ångest och skam. Men jag klandrade honom inte, jag hade gjort precis samma misstag själv på senare år, och jag vet att man inte kan skylla bort sig, men det gör jag ändå, jag skyller på drogerna som höll mig fast i sina klor. Jag kunde inte tänka klart och förnuftigt, på ett sätt så förstod jag honom väl och jag kunde faktiskt förlåta honom. Det var svårare att förlåta min styvfar, för slagen och dom hårda orden han gav mig. Det var något som för alltid skulle sitta fastnitat i mitt minne.

Jag reste på mig, tittade på mobiltelefonen, snart skulle barnen komma hem, då var det slut på det lugna och man kunde glömma att man kunde sätta sig ned och skriva. Min karriär som författare började när jag blev nykter alkoholist på riktigt, jag skrev då en barnbok om missbruk som blev nationellt uppmärksammad på både tv och radio och tidningar. Från början skrev jag nog den mest som en förklaring för mina egna barn om vad jag hade för sjukdom, om varför jag hade varit som jag hade. Jag bäddade inte in någonting vackert i boken, jag skrev precis som det var om hur jag hade pissat ned mig och spytt, hur jag hade valt flaskan framför familjen. Vilket jävla egoistiskt svin jag hade varit. Jag märkte snart att det var mitt kall att skriva, jag blev alltmer beroende av det för att kunna må bra. Ännu mer taggad blev jag när jag fick en sådan stor uppmärksamhet för boken. Antagligen var det en fluga just då, något som var uppe på tapeten, alla tidningar drog i en och ville göra en intervju med lifestory. Jag var ovan och naiv och öppnade mig helhjärtat utan att tänka på att jag kanske skadade andra människor allting pågick i några månader och upp till ett halvår, men sen dog det plötsligt ut, jag skrev en till barnbok, men ingen ville se mig, höra mig eller visa upp min nya bok. Först lät jag det rinna av mig som vatten, alla har väl bra och dåliga tider antar jag när man skriver.

Förgäves försökte jag få media att uppmärksamma min bok, men det fanns inget intresse längre, nu var Hiv, bögar och Jonas Gardells nya film som gällde, nu var inte längre alkoholismen något viktigt att prata om. Sakta dog jag inombords, kände mig värdelös när ingen såg mig, ville se mina böcker, många gånger fick jag till svar att det finns fler som dig, det är inte intressant, hade det varit intressant så hade vi hört av oss till dig. Jag tappade helt suget, jag förstod nog inte till en början att jag skrev för att själv kunna må bra, inte för andra och inte för uppmärksamhetens skull. Det var något jag behövde för att kunna lätta på den tunga ryggsäcken jag bar på.

Till en början såg jag bara allt som hopplöst och tråkigt, jag började åter att lägga mina tankar på den förbannade alkoholen, började köpa lättöl för att lätta på suget, men det lättade inte ett jävla dugg på suget, tvärtom så började jag jaga berusningen igen, lättöl blev till folköl och folköl blev till starköl och sen satt jag till slut med den förbannade flaskan i handen. Jag kände mig död inombords, jag visste exakt vad jag höll på med, jag var inte dum i huvudet, och så pass mycket insikt hade jag fått under min nyktra period att jag förstod att det var åt helvete fel. Jag märkte av att jag sakta gled ifrån familjen, började dricka i hemlighet på natten innan jag somnade, bara för att få känna av några minuters berusning innan man somnade. Jag drack för det mesta sliskig och äcklig aperitiff med hög procent, men jag drack det som saft, en kvarting tömde jag på tre minuter, sen fick man vänta en liten stund innan det slog till, man började svamla och vingla. Då lade jag mig bara raklång i sängen, lät berusningen ta över min kropp. Blundade och kände hur hela världen gungade,

all sorg och all skam försvann, det fanns ingenting
som gjorde ont. Det här pågick en tid innan jag nådde
botten, jag kände att det var på väg att gå åt helvete
så jag beställde en resa till Uppsala och bokade
vandrarhem, jag skulle nog fan ordna upp det här innan
jag åkte hem igen.

Men det slutade med 72 timmars supande med små korta
pauser på en timme här och där. Jag låste in mig på
rummet på vandrar hemmet efter att jag hade varit på
systembolaget och fyllt väskan med alkohol, och jag
svepte flaska efter flaska, spydde och svepte till jag
dekade, när jag vaknade på morgonen så gjorde jag
samma rutin igen, och det pågick i tre dagar. Jag
förstod att jag inte kunde åka hem till familjen i det
här skicket, en tom alkoholist som har sålt själen och
skänkt bort kroppen, det fanns ju ingenting kvar av
mig längre. Jag var varken en far eller en man, jag
var en klump av död människa fylld av alkohol.

Jag ringde min fru den kvällen jag skulle åka hem och
grät, jag vet egentligen inte varför jag var ledsen,
om jag tyckte synd om mig själv, eller om jag tyckte
synd om dom som fick stå ut med mig, eller så var det
bara vanlig jävla fylleångest. När jag hade lugnat ner
mig och kunde prata igen så kom vi överens om att jag
skulle ringa till beroendekliniken i Skåne där jag
bodde och prata med dom. Jag skulle be om att få en
avgiftning innan jag kom hem. Dom svarade och sa att
jag fick åka upp på psykakuten och skriva in mig där,
så att dom fick remittera mig vidare till beroende.
Men det var inga problem bara jag tog mig dit direkt
när flyget hade landat så skulle allting ordna sig.

Jag packade ner dom skitiga kalsongerna och strumporna
som låg utspridda på rummet, sköljde av mitt grå och
vita ansikte med kallt vatten. Jag kände mig verkligen
redo, men jag mådde så fruktansvärt jävla dåligt när
abstinensen kom, jag trodde att jag skulle skita på

mig och spy samtidigt. Och pulsen gick på högvarv och svetten forsade om mig, jag kände direkt att jag inte skulle klara av att ta mig till flygplatsen utan en återställare, jag svängde in på en krog som låg vägg i vägg med vandrarhemmet. Beställde in en stor stark som jag svepte på ett par minuter, jag gick fram till baren och beställde en ny. Han tittade konstigt på mig, som om " gav jag inte en till dig precis" men han sa ingenting utan gav mig ett nytt glas som jag svepte lika fort i baren. Jag kände hur lugnet började komma, hur kroppen återfick sin värme och allting var inte längre ett kaos i huvudet. Jag tog mig till flygbussen som skulle ta mig till Arlanda. Huvudvärken smög sig på och dundrade som ett trasigt lok i huvudet på mig, gatlyktorna på motorvägen fick mig att vilja spy av smärta. Det var dom längsta tjugo minuter resa som jag någonsin hade varit med om. Väl på Arlanda så tog jag vägen förbi krogen där jag svepte ytterligare ett par stora starka till för att fylla på och klara av flygresan på femtio minuter hem.

Väl inne i Malmö, var jag tvungen att klara mig utan återställare, för jag visste hur hårda dom var på beroende kliniken, visst fick man ha alkohol i sig när man kom dit, men man fick inte vara berusad eller störande. Jag gick in på stationen och beställde en stor kaffe som jag tog i handen när jag gick mot sjukhusområdet. Det var många tankar som genom huvudet när jag gick genom Malmö stad, gamla minnen som dök upp från förr när jag var liten. Min pappa flyttade till Malmö när jag var ungefär åtta år, och jag hade tillbringat många lov här, det var både bra och dåliga minnen. I ju för sig hade all tid med min pappa varit bra tid, jag ville alltid stanna kvar efter loven men fick aldrig det, det var alltid min mamma som stoppade det. Inte kunde väl jag bo hos en alkoholist och narkoman. Nej hon tyckte att jag hade det bra där jag bodde hos henne, hon blundade ju för både misshandeln och mobbningen som min styvfar utsatte mig för. Hos min pappa fick jag kärlek, även om han inte ofta var nykter så fick jag ofta höra att han älskade mig, och ofta fick man sitta i hans famn på kvällarna. Jag minns doften än idag, polo rakvatten blandad med hans andedräkt av hembränt och öl. Idag hade jag nog spytt av stanken, men för mig då var det doften av min pappa som jag älskade mest av allt på hela jorden.

Innan jag visste ordet av så stod jag där utanför psykakuten med min mugg med kaffe mitt i den mörka natten, vet inte varför jag hade köpt kaffet, jag hade inte rört det överhuvudtaget, slängde den fulla kaffemuggen i en sop korg precis utanför innan jag tog stegen in genom dom automatiska dörrarna, och möttes av ett spöklikt och tomt väntrum, det såg ut som tiden hade stannat upp i början på 60-talet någon gång. I ett par sekunder funderade jag på om jag skulle skita i det och vända om igen, men jag tänkte till en extra gång, det var inte bara för min egen skull som jag gjorde detta, det var för mina barn och för min fru också. Jag kunde bara inte vara så jävla egoistisk som jag hade varit under alla år.

Jag gick fram till disken som stod mörk och obemannad. Visst var jag nervös, trots att jag hade gjort detta säkert ett femtiotal gånger innan. Jag visste precis vad som väntade, först skulle jag blåsa i alkomätaren, bli intervjuad av en skötare och sen skulle jag få träffa en läkare. Jag hade ju ingenting att vara nervös för egentligen, jag var ju här frivilligt, det var jag själv som sökte hjälpen, bara det måste väl visa att jag hade insikt i min sjukdom.

Jag knackade lite lätt på glaset till receptionen, det tog några minuter innan det kom en äldre lite mullig dam i vita sjukhus kläder. Hon såg snäll ut, hon plockade upp ett par glasögon ur fickan och tog på sig, hon hade långt grått hår som hon hade satt i en stram hästsvans.

Hon tog mina uppgifter och bad mig sitta i väntrummet till det blev en skötare ledig som kunde skriva in mig. Ledig? Tänkte jag tyst för mig själv, hur mycket kunde dom ha att göra här när det var så tomt? Men jag tog en gammal veckotidning som hängde och dinglade i ett tidningsställ på väggen, satte mig i en av dom orangeklädda träsofforna och började bläddra. Jag bläddrade utan att läsa, bara för att sysselsätta mig. Egentligen satt jag bara och sneglade mot dörren in till avdelningen för att se om det kom någon.

Jag satt där säkert trettio eller fyrtio minuter innan det kom ut en medelåldersman, mörkhårig och närmare två meter lång, han bad mig följa med in till ett undersökningsrum där jag fick blåsa i alkomätaren, han tog mitt blodtryck och min temp. Han såg klara tecken på att jag hade abstinens, svettningarna och det höga blodtrycket samt att jag svamlade när jag pratade. Han gav mig sobril för att jag skulle bli lugn och inte känna av abstinensen så kraftigt. Han plockade fram ett block och började fråga ut mig om familj, barn och jobb, hur mycket jag hade druckit den senaste tiden. Jag var ärlig och berättade hela historien, om tomheten när all uppmärksamhet försvann, hur jag hade börjat med en lättöl och sen fortsatt. Han skrev ned vart enda ord som jag sa i blocket, han tittade upp lite då och då för att bekräfta att han hade hört vad jag sa. Han bad mig till slut att jag skulle lägga mig på britsen och vila till läkaren blev ledig, men han tyckte absolut att jag skulle bli inlagd på avgiftningen. Jag hade kraftiga symptom på abstinens, och jag var villig att ta emot hjälp, så han såg inget hinder till det.

När jag låg där på britsen så plockade jag upp mobiltelefonen och ringde min fru, jag var lättad över att dom hade tagit mig på allvar och talade om vad skötaren hade sagt till mig, jag tror att vi var nöjda båda två. Hon tyckte att det var skönt att jag höll mitt ord för en gångs skull och visade att jag verkligen menade allvar. Ganska kort därefter knackade det på dörren, en yngre kvinna tittade in, hon var inte svensk. Mörkhårig med blåa ögon, säkert från forna Jugoslavien. Tänkte att nu är det fan kört, tänk om hon inte förstod vad jag sa, att det var en sådan där inhyrd läkare som inte lyssnade ett skit utan bara kom in och ställde en diagnos och gick ut igen.

Men det var bara förutfattade meningar, hon var bland dom trevligare jag hade träffat, självklart skrev hon en remiss så att jag skulle bli inlagd på avgiftningen. Hon var väldigt förstående, och självklart skulle barnen få hem en nykter pappa som var frisk. Jag fick remissen i handen och ned till beroendecentrumets akutintag. Ringde på dörren och en stressad skötare öppnade och tittade på mig och undrade vad fan jag gjorde där, jag lämnade över remissen och han suckade och släppte in mig i ett väntrum, jag var tvungen att träffa ännu en läkare för att bli inskriven. Det var kaos på avdelningen, folk låg och spydde, någon hade psykos och var aggressiv. Jag satt där frusen och trött på en träbänk utan kaffe eller något annat att dricka i flera timmar innan jag blev inropad. Nu var det också en kvinnlig utländsk läkare, hon såg allmänt irriterad och otrevlig ut. Hon bad mig att sätta mig mittemot henne vid hennes skrivbord. Hon tittade länge på mig innan hon frågade vad jag gjorde där, jag pekade på remissen som hon hade liggandes framför sig, jo det står väl där svarade jag.

Men hon frågade igen vad jag egentligen gjorde där, jag drog hela historien igen, sa att jag inte ville åka hem i det här skicket eftersom jag hade fru och barn hemma. Hon tittade med stora ögon, och upprepade frågan om jag hade barn, och jag svarade att det hade jag visst. Hon såg ännu mer otrevlig ut och förklarade för mig att hon var tvungen att anmäla mig till soc.

Jag reste på mig och blev förbannad, visste inte om jag skulle skrika något olämpligt som jävla fitta och kasta omkull bordet. Vad var det kärringen inte fattade, jag var ju här för att få hjälp, just för att jag inte ville åka hem till min familj och för att jag inte ville att mina barn skulle se mig i det här skicket. Hon tittade på mig som om hon såg vad jag precis hade tänkt, och så frågade hon igen vad jag ville ha hjälp med, och jag suckade tungt och förklarade igen varför jag var här. Jag ville bara få hjälp med avgiftning, hon log hånfullt åt mig, som om jag skulle vara efterbliven eller någonting. Vad skulle hon kunna hjälpa mig med, jag hade faktiskt en fru hemma som kunde hjälpa mig. Jag kände hur jag kokade inombords, nyss skulle hon anmäla mig för att jag hade små barn hemma, nu ville hon att jag skulle åka hem och avgifta mig själv, antingen var det en psykpatient som hade klätt ut sig till läkare, eller så var hon bara jävligt inkompetent. Jag tittade på henne, och jag frågade om hon tog ansvaret över mitt liv, att hon var säker på att jag skulle klara av det, om jag tar mitt liv då, vad händer då?

Hon reste sig häftigt från stolen, och sa att om det var så att jag skulle ta livet av mig så fick hon kalla på polis för då fick dom tvångsinta mig på psyk avdelning. Under hela vårt samtal så frågade hon inte hur jag mådde, eller hur jag såg på det att åka hem och avgifta mig själv, hon var mer upptagen med hur hon skulle formulera anmälan till socialen. Jag kände mig bara så jävla ledsen och frustrerad över att ingen lyssnade på mig, och efter att försökt förklara för henne i en halvtimme gav jag upp. Jag satt bara tyst och sa inte ett ord till. Hon gick iväg och var borta femton minuter, kom tillbaka in i det trånga lilla mottagningsrummet hon hade, med sig i handen hade hon en liten vit påse med tabletter. Hon satte sig framför mig igen, och började förklara hur hon hade formulerat social anmälan. Jag kunde inte hålla mig längre, och sa åt henne att hon kunde göra vad fan hon ville, hon var för fan inte frisk själv.

Hon gav mig påsen med tabletter, en påse som hon hade fyllt med benzo tabletter, jag sa inget utan tog bara emot påsen. Det var något som inte stämde, en läkare på beroendekliniken som skickar hem en beroende med en påse benzo tabletter. Var hon bara ett stort skämt, kanske var det roliga kameran som spelade in ett program. Det kändes som om det skulle hoppa fram en programledare vilken sekund som helst och skratta åt mig. Men det gjorde det inte, hon förklarade för mig att jag skulle åka hem och ta tabletterna och lägga mig och sova bort abstinensen, hur fan skulle jag kunna göra det frågade jag, jag hade småbarn, jag kunde väl inte bara ligga och sova bort dagarna. Hon tittade på mig konstigt, precis som hon hade gjort hela tiden. Du har väl en fru, hon får faktiskt ta sitt ansvar om hon vill att du ska bli frisk. Hon ta sitt ansvar? För att hon ville att jag skulle bli frisk? Det var väl för fan jag själv som skulle ta mitt ansvar och se till att jag blev frisk. Jag tog påsen med tabletterna i handen, reste på mig och bad henne dra så jävla långt åt helvete hon kunde. Jag rusade ut därifrån, och slängde igen dörren efter mig.

Kände mig bara tom och dumförklarad när jag gick därifrån, jag ringde upp min fru och berättade allt. Hon trodde inte på mig först, hon trodde det var en dum bortförklaring från min sida. Ett sätt för mig att få fortsätta supa och bara skita i allting. Hon försökte ringa upp till beroendekliniken för att få ett svar på varför dom hade slängt ut mig. Men fick bara till svar att dom inte kunde lämna ut uppgifter till främmande människor. Främmande? Hon var för fan min fru, kan man bli mer närstående? Nu insåg jag hur värdelös missbruksvården var, tydligen var det mer som ett härbärge åt hemlösa och en avstjälpningsplats för polisens fylleriärenden. Jag var frustrerad, arg och ledsen när jag gick därifrån, visst hade jag tankarna på att gå och supa skallen av mig, hade jag sagt annat så hade det varit lögn. Det är så svårt att beskriva känslan, men det är väl ungefär som om man får sin dödsdom och blir ombedd att gå hem och dö ensam.

Jag gick ned till kiosken på sjukhuset och köpte ett paket cigaretter och en kopp kaffe, min fru hade ordnat så att min svägerska kom och hämtade mig och all packning jag hade med mig. När jag stod där utanför och precis hade tänt en cigarett, så kom det fram en ung tjej till mig, kan inte ha varit äldre än tjugo år. Hon frågade först om jag hade eld, jag plockade upp tändaren och gav den till henne, och hon roffade snabbt åt sig den och stoppade i fickan. Jag bad om att få tillbaka den, jag trodde hon bara skulle låna den till att tända en cigarett. Hon frågade om jag skulle följa med in på toaletten och dela en sil med henne. Jag visste först inte om jag skulle skratta eller gråta, men jag skrattade henne rakt i ansiktet, frågade vad fan hon menade. Jag förklarade att jag precis hade kommit från beroende centrum där dom hade mer eller mindre slängt ut mig. Hon berättade för mig hur många gånger hon hade sökt hjälp, men att det var bara jävla idioter där. Hon gav mig tändaren så att jag kunde tända en cigarett till, jag kedjerökte eftersom jag inte hade fått lov att röka på flera timmar. Sen försvann hon bara med tändaren, en

värdslig sak tänkte jag för mig själv, ville hon ha
tändaren som kostade mig sju kronor och blev
lyckligare av den så bjöd jag på det. Jag rökte upp
och gick in och köpte en tändare till.

Efter ett par timmars väntan utanför sjukhuskiosken
kom min svägerska, jag visste att dom var förbannade
på mig, eller åtminstone jävligt trötta på att jag
gjorde bort mig. Jag satte mig i bilen och slöt
ögonen, jag låtsades sova hela resan, för jag ville
inte prata om det som hade hänt, jag skämdes över att
jag hade varit så svag och tagit ett återfall. Och
ännu mer skämdes jag över att åka hem i det skicket
jag gjorde.

Väl hemma gick jag och lade mig i sängen, mest för att
slippa ta konsekvenserna, jag hade knappast gjort
något bättre genom att söka mig till beroende centrum,
tvärtom hade jag dragit på mig en orosanmälan till
socialen, jag slängde tabletterna i soporna. Jag sov
ett par timmar innan jag gick ut i köket där min fru
stod och lagade mat. Hon var arg och ledsen, det såg
jag på hennes ögon och hennes hopbitna min. Men det
fanns inget jag kunde säga för att få det bättre, det
var ju jag som hade fuckat det. Jag kunde inte få det
ogjort heller, jag försökte så klart att förklara mig,
och tala om att jag kände mig jävligt dum. Det som
kändes mest var att jag visste att hon hade skickat
orosanmälan, visst jag hade inget att dölja, jag ville
ju inget hellre än att hålla mig frisk, men man får
ändå en obehagskänsla i magen. Varför ska dom göra
skit för en när man själv söker hjälpen, när man talar
om att man inte vill åka hem för att man har barnen
där hemma.

Jag tänkte länge på den jävla kärringen till läkare
och jag kunde inte släppa det, jag kände mig verkligen

illa behandlad av henne. Jag satte mig på kvällen och skrev ett brev till högsta chefen på beroende centrum, jag talade om vad som hade hänt och att jag kände mig felbehandlad. Och det dröjde inte länge, max en timme tror jag innan hon skrev tillbaka att hon ville att jag skulle ringa upp henne. Och det gjorde jag direkt. Hon var verkligen upprörd av att få höra hur jag hade blivit behandlad. Hon hade kollat upp läkaren som hade jobbat den natten och kommit fram till att hon inte ens var psykiatriläkare, hon läste allmän medicin och var inte ens färdig läkare. Hon lovade mig att det skulle bli både en avvikelse och en anmälan mot sig själva, för detta fick verkligen inte hända. Och läkaren skulle absolut inte få jobba inom psykiatrin mer. Hon kunde tyvärr inte göra något åt social anmälan som läkaren hade skickat, men hon var beredd att förklara att jag hade blivit felbehandlad.

Inom ett par veckor fick jag kallelsen till socialen, en trevlig äldre dam, jag berättade om mitt liv, om vad som hade hänt och att jag hade sökt hjälp men inte fått någon. Hon tyckte det var för jävligt och tipsade mig om familjerådgivningen som åtminstone kunde hjälpa mig med samtal. Ärendet lades ner, jag tog kontakt med min husläkare och fick hjälp den vägen istället. För som i alla andra småorter så hade inte missbruksvården prioriterats utan man hade snarare dragit ned och stängt ned istället.

Jag hörde barnen skratta där utanför, min fru hade hämtat dom, dagen hade bara flytt undan, jag som hade tänkt att göra så mycket hade inte gjort ett skit, mest suttit och funderat över livet. Jag som hade tänkt att bara sitta och skriva, det hade inte blivit så mycket av det, jag hade alldeles för många tankar som snurrade runt i huvudet på mig. Handtaget på ytterdörren drogs ned och in kom barnen springandes.

-Pappa, pappa

Dom hoppade upp i famnen på mig som om jag hade varit ifrån dom en evighet, fast det bara gällde timmar som dom hade varit i skolan och på dagis. Det kändes lite konstigt att bli kallad pappa, trots att jag var mycket medveten om att jag var det. Det kändes samtidigt skönt att få höra ordet, man blev bekräftad att dom verkligen såg mig som en pappa. Jag älskade mina barn över allt annat på jorden även om jag hade svårt att visa det. Jag var nog ganska kall och stel, men jag försökte i alla fall. Jag var själv inte van att få närhet och beröring som liten, så för mig kändes det bara falskt. Men jag gjorde det ändå, för jag visste innerst inne hur mycket det betydde att få känna en förälders famn, att få en puss på kinden eller i pannan. Att få höra att man verkligen är älskad. Just ordet älska hade jag så svårt med i ju med att jag inte visste riktigt vad det betydde, innan slängde jag ofta av mig ordet i fyllan, men det var utan innebörd. För när jag var aktiv kände jag inte ett jävla skit.

Ordet älska hade varit något fult och äckligt för mig tidigare. När jag var tio år så var jag med om en incident som kom att sätta sig som ett ärr i min själ under hela barndomen och under den vuxna tiden av mitt liv. Det var inte förrän jag blev nykter som jag verkligen tog tag i det, tänkte tillbaka och bearbetade det.

Jag var mobbad i skolan och fick ständigt höra hur ful och fet jag var, kände mig mindre värd. Och det blev jag utnyttjad för av en vuxen äldre man, i sanningens ord så var det en släkting på min fars sida. Jag var hemma hos honom nästan dagligen efter skolan och gick ut med hans hund, ofta fick jag höra vilket sött barn jag var, att jag var lika vacker som min mor, det var något som jag verkligen sög åt mig som ett kärlekstörstande barn. Även han som resten på min fars sida var alkoholist. Oftast satt han med en flaska brännvin special bredvid sig när man kom. Han berättade ofta historier om min pappa. Jag kunde sitta och lyssna på honom i timmar.

En dag när jag kom hem till honom efter skolan, så bad han mig att sätta mig i hans knä, han skulle berätta något för mig sa han. Naiv som jag var så satte jag mig i knät på honom, han började med det vanliga att tala om hur söt och vacker jag var, innan han började ta på mina lår och smekte min mage. Orden minns jag fortfarande, då han talade om för mig att jag var tvungen att bevisa för honom att jag var en pojke, för pojkar kunde inte vara så söta som jag var. Han började slita i mina byxor, och ville att jag skulle ta av mig dom så att han kunde se att jag verkligen var en pojke. Jag slet mig loss och sprang därifrån med ett brustet hjärta och med tårar i ögonen. Jag som hade litat på honom, han hade förstört min tillit till vuxna helt och hållet.

Detta höll jag för mig själv i tjugofem år, det var bara han och jag som visste vad som hade hänt. Han fick betala för det när jag blev äldre, då fick han smaka på det onda som han hade gjort mig.

Idag har jag bearbetat det, men det tog över tjugo år att göra det. Jag skämdes över det, vilken pojke ville bli förväxlad med en flicka.

Detta var bara en liten inblick i en liten pojkes liv, en liten pojke som lever inuti mig, som då och då tittar fram, ger mig en tår på kinden och påminner mig om att jag har det bra idag.